Es spukt in Neustadt-Glewe

Herstellung und Verlag:
Books on Demand GmbH, Norderstedt
ISBN 978-3-8370-2076-2

KAPITEL 1
Das Schloss in Neustadt-Glewe

𝕹eustadt-Glewe, von der Autobahn Hamburg-Berlin (A 24) her leicht erreichbar, ist eine der schönsten mittelalterlichen Kleinstädte Mecklenburgs.

Neustadt-Glewe, das Tor zur Lewitz (einer unberührten Fluss- und Naturlandschaft), wurde urkundlich das erste Mal 1248 als Nova Civitas Chlewa erwähnt, liegt im Landkreis Ludwigslust.

Dort steht es da, voller Stolz, das Schloss zu Neustadt-Glewe. Die vergangenen Zeiten scheinen den Betrachter einzuholen. Wo einst Herzöge und Fürsten aus und eingegangen sind. Wo die wunderbar gewandeten Persönlichkeiten ihre Feste gefeiert hatten. Die Damen mit ihren bodenlangen, reich verzierten Gewändern. Im aufrechtem Gang trugen sie stolz ihr traumhaftes Geschmeide (Schmuck) zur Schau. Die Haare anmutig mit Gold oder Silbespangen hoch gesteckt und mit einer schleierähnlichen Haube bedeckt. Ein ausgestopfter Reif umhüllt das Antlitz der bildschönen Maiden. Die Männer mit ihren strumpfähnlichem Beingewand überdeckt mit wunderbarem Samtoberteilen. Diese waren ebenso wie die Gewandungen der Damen reich verziert und anmutig wirkend.

Irgendwie, als ob man selbst dazugehört ebnet das stolze Gemäuer einem den Weg. Einladend steht es da, wie ein großer, stolzer Schwan mit ausgebreiteten Schwingen. Die Ziegel aus Sandstein in einem hellen Grau, fast weiß. Den kiesbedeckten Vorplatz betretend gelangt man auf die steinerne Treppe zum Haupteingang. Messingfarbene Ständer mit einer dunkelroten, gedrehten Schnur stehen da und weisen jedem Besucher die Pforte. Diese erhebt sich in vollem Glanze, riesige Türen in dunkelbraunem Holz. Ungewöhnlich bescheiden stehen die Tore da, verziert mit zwei runden Türklopfern und einem dazu relativ klein anmutenden Türöffner. Doch lässt es sich erahnen, welch wunderbares Geheimnis sich in Inneren verbirgt. Eigenartig bewegt öffnet man die Türe. Versetzt in die alte Zeit und doch hier in der Moderne, versucht sich das Gefühl breit zu machen. Eine kleine Vorhalle tut sich auf. Gesäumt von einem Stuhlpaar und einem runden Tischchen in einem brokatähnlichem ockergelben Stoff gehalten. Am Boden ein roter Teppich, der ehemalige Prunkzeiten erahnen lässt, weist den Weg.

Gerade nach vor, ist man vor dem nächsten Geheimnis dieses alten Gemäuers, dem Cäsarensaal. Ehemals genutzt für diverse Feste und Empfängen. Im Eingang stehend auf dem hölzernen Stufenpodest machen sich Ehrfurcht und Staunen breit, betrachtet man die wunderbare Stuckdecke.

Ganz in weiß gehalten birgt sie Elemente wie Blumen, Ranken usw. in sich. Gesichter lachen von der Decke. Feinst von Künstlerhand geformt und ausdrucksstark. Dem Betrachter ist es gruselig zumute, als ob sie sprechen wollten. Seitlich an den weißen Wänden – die nur durch die schwere hölzerne Durchgangstür unterbrochen wird – sind nach oben offene Lampen montiert, um die Pracht zu vervollständigen.

Der Boden besticht durch ein sonderbares Rautenmuster, welches in unterschiedlichen Brautönen gelegt wurde. Mittig in einem hellen und der Rahmen, einem dunkleren Braunton. Die zu einer U-Form gestellten Tische lassen ein zukünftiges Seminar erwarten. In einem getragenem blau sind die Tische eingehüllt, wie Frauen mit gerüschten Glockenröcken. Als krönender Abschluss strahlen die weißen Tischdecken obenauf. Deren Weiß wird nur durch die dunkelblauen, runden und befüllten Getränkebehälter unterbrochen. Diese werden wiederum von umgedreht gestellten Gläsern umrandet.

Weiter dem roten Teppich folgend gelangt man zur Rezeption. Diese wird durch eine hölzern ummantelten Theke dargestellt. Umrandet von den weißen

Wänden, die wiederum in einer wunderbaren Stuckdecke ihrem Ausdruck findet. Elemente wie Wasser speiende Brunnen wechseln sich ab mit Männerbüsten, die mit Löwenmänteln umgeben sind. An der Seite sind diesmal mit blauem Brokatstoff bezogene Stuhlpaare gestellt, die vom runden Holztisch vervollständigt werden.

Der Holzboden gibt Töne von sich, als ob er seine Geschichte erzählen möchte. Teil anzunehmend mit Glück ebenso wie mit Trauer behaftet. Ächzend atmet er bei jedem Schritt in Richtung Treppenraum. Eine hölzerne Treppe führt nach oben zu den einzelnen Zimmern und die andere vor der Rezeption liegend führt mit einem schmiedeeisernen Handlauf in die Kellerräumlichkeiten. Sie ist eine mit relativ schmalen Stufen versehene steinerne Treppe.

Die begleitende Wand ist in einem satten Rot gehalten. Und dann gehen die Stufen noch einmal um die Ecke und endlich öffnet sich das Kellergewölbe. Mit der rund gewölbten Decke sieht es eindrucksvoll aus. Die in weißer Farbe übertünchten Ziegel erwecken Phantasien. Es entsteht der Eindruck, dass ursprünglich überall kleine geheimnisvolle Nischen waren. Doch jetzt stehen in weiß gedeckt Tische da. Messingfarbene Kerzenleuchter stehen auf den gedeckten Tischen, auf den seitlich stehenden Truhen und niederen Schränken. Ein besonderes Gefühl der Festlichkeit schleicht sich ein. Dieses wird unterbrochen durch ungewohnte Geräusche.

KAPITEL 2
Wo und wie alles begann

„Schluchz, schnief, …" Leises Jammern ertönt aus den Kellerräumen. Dort, wo ursprünglich ein gut gehendes Restaurant sein sollte. Wo Küchengeräusche, leise Musik und geschäftiges Treiben stattfinden sollte. Dort sitzt an einem weiß eingedeckten mit einem Messingleuchter und einer Vase in der frische Blumen stehen, eine zusammen gekauerte Person mit kurzem lockigem Haar. Sie hat ihre Arme vor sich überkreuzt und darauf ihren wuscheligen Kopf abgelegt. Immer und immer wieder kullert ein nie enden wollender Tränenfluss aus Anjas Augen.

Anja, heißt eigentlich Anja Emsig. Sie ist von kleinerer Statur und nicht zu zierlich. Vom Charakter her ist Anja ein Wirbelwind, eine energische Persönlichkeit, die mit beiden Händen zupacken kann. Die Arbeit macht ihr Spaß und sie hat Einfälle am laufenden Band. Mehr als sie umsetzen kann. Immer wieder überdenkt sie, wie man diesen oder jenen Handgriff etwas effektiver und flüssiger machen kann. Damit der Gast voll auf seine Kosten kommt und sich wohl fühlt. Anja ist die geborene Hoteldirektorin.

Vor einem Jahr wurde sie in einem feierlichen Festakt, im Beisein von Kollegen und ihren Eltern, ihrem Mann und ihrer besten Freundin Krissi, zur Hoteldirektorin des Schloss-Hotels Neustadt-Glewe ernannt. Die Kollegen beneideten sie darum und hinter ihrem Rücken gab es ein Getuschel, wie Ja, sie ist doch der Liebling des Seniorchefs und …

Sie hat sich diese Position von Herzen gewünscht. Schon vor Jahren, als sie noch in ihrer Ausbildung zur Hotelfachfrau war, hatte sie sich in das Schloss verliebt. Ja, dort will ich einmal arbeiten, hatte sie sich vorgenommen. Jahre vergingen, der Traum schien vergessen und dann ein Anruf. Er holte all ihre Erinnerungen in die Wirklichkeit zurück.

Wie glücklich war ich doch damals …

Und jetzt, nur ein Jahr später, Gedanken überstürzen sich, ein tiefes schwarzes Loch öffnet sich. Gefühle wie Hilflosigkeit gemischt mit Verzweiflung überlagern diese.

Ein Fragenberg begann Anja zu erdrücken. Wie soll es weiter gehen? Wie soll ich es meine Familie sagen, das ich nicht in der Lage bin dieses Schloss-Hotel zu führen? Ich bin doch zur Direktorin berufen worden und habe voller Stolz vor versammelter Geschäftsleitung erklärt „Ich schaffe es". Und nun? Ich weiß nicht, wie es weiter gehen soll. Ein kleiner Fluss ergießt sich über ihr Gesicht, vermanscht ihr dezentes Make up und lässt diese auf ihre weiße Bluse tropfen. Doch alles ist egal, Verzweiflung und Angst machen sich breit.

Plötzlich klirr, klirr! Zorn weicht der Angst und Verzweiflung. Voller Wut brüllt Anja: „Es reicht!! Aus Schluss basta!!"

Ganz verloren ertönt ein leises „Wie bitte?"

„Ich habe es satt; ich habe die Nase gestrichen voll, von diesem Schloss und seinen merkwürdigen Geräuschen." Wieder macht sich eine Leere in Anja breit. Der Tränenfluss scheint nicht versiegen zu können, die Spuren sind an der Bluse und am Revers ihres hellbraunen Hosenanzuges schon zu sehen.

Gefühle des eigenen Versagens, des zerplatzten Traumes schlugen in Frust, wenn nicht sogar in Zorn um. „Soll es doch der Teufel holen. Mein Chef will es sowieso nicht weiter betreiben. Er will es leer stehen lassen, damit sich hier Spinnen und der Verfall breit machen kann. Den Glauben, dass sich dies Gemäuer wirtschaftlich führen lässt, hat Herr von Schlaukopf schon lange fallen gelassen."

„Waaas geschieht dann mit mir?" ertönt es wiederum leise.

„So, jetzt ist es soweit" denkt Anja bei sich „jetzt drehe ich total ab. Jetzt fange ich schon an zu spinnen und höre Stimmen, sehe aber keinen." Anja nimmt ihren ganzen Mut zusammen, es ist ja schon etwas gruselig und fragt leise: „Wer ist denn da?" Nicht die Antwort abwartend, überkommt sie wieder das heulende Elend versagt zu haben.

„Iiich habe gefragt", hört sie hinter sich eine klägliche Stimme.

Langsam dreht sich Anja um und sieht eine etwas durchscheinende Gestalt in bordeauxroten mit weißen Einsätzen uralten buschigen Pluderhosen vor sich stehen. Das Oberteil auch Wams genannt, verläuft weit ausladend in der selben Farbe und an den bauschig, mehrfach unterteilt geschnittenen Ärmeln wie auch vorne die weißen Einsätze. Das darunter liegende Hemd ist mit einem ausladenden Rüschenkragen verziert. Den dazu passenden Hut mit weißer Feder trug er am Rücken, zaghaft hielt er das … vor seinem wohlgenährten Bauch. Anja reibt sich die Augen und guckt noch einmal. Ja, eine Person gekleidet mit den alten Pluderhosen und passender Jacke in weinroter Farbe wie aus der Zeit vom 30jährigen Krieg steht vor ihr. Sie war wach, nur ob sie aus Frust schwachsinnig geworden war, wusste sie nun doch nicht.

„Wer sind Sie?" fragt Anja vorsichtig, sich permanent die Augen reibend, als ob sie sich den Schlaf aus den Augen reiben wollte.

„Na, ich bin doch das Schlossgespenst von Neustadt-Glewe", antwortet die Gestalt. Also doch, die Angestellten hatten sie immer überzeugen wollen, von einem Gespenst und sie hat es als Firlefanz abgetan, dachte sie leise bei sich.

„Mmmein Name ist Anja Emsig, ich bin die hmm tja, na ja, noch Hoteldirektorin dieses Schloss-Hotels. Haha haben sie auch einen Namen Herr Gespenst", fragte sie zögernd.

„Hmm, ja wenn ich so nachdenke, müsste ich einen haben. Aber ich weiß ihn momentan nicht mehr. Es ist schon soooo lange her. Ich habe doch so lange mit niemanden mehr gesprochen …"

Zornig, sich an diverse Geschichten erinnernd, fuhr Anja auf „Aber meine Gäste erschreckt und die Angestellten vertrieben, und Sachen kaputt gemacht und, und, und …"

„Biiitte aufhören, das ist doch mein Job."

„Wie bitte, ich glaube ich höre wohl nicht recht, ihr Job." „Ihr Job" betonte sie noch einmal und wurde äußerst laut!

„Ja", kam es als Antwort. „Ich habe gehört, ein Gespenst muss Unfug treiben, um erlöst zu werden. Ich möchte ja auch einmal schlafen. Hui ui ui" heulte es durchdringend im Keller. „Ich bin ja nicht freiwillig hier. Hui ui ui".

„Ruhe" fuhr Anja den Geist an, „ist jetzt Schluss!"

„Ja, aber..."

„Nichts aber!" Plötzlich rührte sich in Anja, trotz eigener misslicher Lage,
das Mitleid mit der vor ihr stehenden Gestalt. Reumütig mit nach vorne ge-
klappten Schultern stand er vor ihr und versuchte sein Hui ui ui ui zu unter-
drücken, bis nur mehr ein „üps" rauskam.

Wieder in die Realität zurück katapultiert, versuchte Anja ihre Gedanken
zu fassen und auf die Reihe zu bekommen. Ein Geist könnte die Lösung alles
Probleme sein, hmm wie soll ich das einfädeln, dachte sie leise bei sich. Ihre
Gedankenflut unterbrechend kam ein leises „Ich möchte hier bleiben mit dir
..." und ein „... kann ich nicht helfen wieder alles gut zu machen?"

„Ich habe es ja nicht böse gemeint, es hat sogar Spaß gemacht, wie die
Leutchen gekreischt haben. Besonders, wenn die Damen in der Dusche waren
und ich habe mich drunter geschlichen."

„Hui, weißt du – oh Entschuldigung – wissen Sie, wie schnell die aus der
Dusche gesprungen sind und mit welch einem tollen Gekreische. Da bin sogar
ich neidisch geworden. Und die Männer erst. So mancher hat versucht, die
blöde Seife aus der Verpackung zu bekommen. Ja, dann haben sie sich einge-
seift und ich habe dann überall das Wasser verspritzen lassen und als sie mich
dann gesehen haben, juchu ..."

„Schluss! Das finde ich nicht witzig!" fuhr Anja in gespielter Entrüstung
auf. Insgeheim konnte sie sich das gut vorstellen. Sie lächelte in sich hinein,
besonders bei den ach so vornehmen Persönlichkeiten.

„Haben sie dir das nicht erzählt?" Mit dieser Frage wurde Anja unsanft aus
ihren Gedanken katapultiert.

„Nein, ich habe von all dem nicht mit bekommen. Hmm, die Beschwerden
sind wahrscheinlich sofort in die Zentrale unserer Hotelgruppe gekommen
.Aber ich sag Ihnen eines."

„Kannst ruhig Hannibal und du zu mir sagen, bis wir meinen richtigen
Namen wieder gefunden haben. Na ja, eigentlich Hannibal der Große, aber da
wollen wir nicht so sein, Hannibal genügt."

Kurz blieben Anja die Worte im Halse stecken und dann prustete sie los. Ein Lachschwall löste all die Traurigkeit und Hoffnungslosigkeit von ihr, als ob man eine Banane schält.

„Du verzeihst mir, ja?"

„Ja ha ha ha! Aber ..." Anja musste sich beherrschen, um ihre Sprache wieder zu finden. „Hannibal, du willst doch deine Heimat nicht verlieren?"

„Nein, ich möchte hier bleiben. Ich möchte endlich herausbekommen, wer ich bin oder besser gesagt, wer ich war. Ich möchte doch erlöst werden und meine ewige Ruhe haben."

„Na, dann sitzen wir in einem Boot!"

„Wie, wir sind doch im Schloss und nicht in einem Boot!" kontert Hannibal entrüstet.

„Ach, das ist doch nur eine Redewendung."

„Ihr heutigen Menschen seid doch bekloppt, jetzt wendet ihr auch noch die Rede. Ich habe ja schon viel gelernt, aber ..."

„Willst du oder willst du nicht?" fragte Anja ungeduldig. Tausende von Ideen schossen ihr durch den Kopf.

„Na klar, ja, ich will!" kam es zögerlich von der anderen Seite.

KAPITEL 3
Ein Unglück kommt selten allein

Während sich Anja und Hannibal sich noch unterhielten, läutete das Telefon. Mitten in der Nacht. Wer ruft denn so spät noch an, schoss es Anja durch den Kopf, während sie zur Rezeption lief, um das Gespräch entgegen zu nehmen. Das kann nichts Gutes bedeuten.

„Schloss-Hotel Neustadt-Glewe, Anja Emsig am Telefon, was kann ich für Sie tun?"

„Ich bin es: Krissi! Ich wollte dir nur kurz Bescheid geben, dass der olle Fritz morgen in aller Herrgotts Frühe bei dir aufschlägt, um dich zu überraschen."

Krissi war Anjas beste Freundin, die als Chefsekretärin bei Herr von Schlaukopf arbeitet. Mit vollem Namen heißt sie Krissi Pfiffig und gibt ihrem Namen alle Ehre. Ihr Einfallsreichtum ist beneidenswert und sie denkt immer positiv. Selbst in der schlimmsten Mitteilung findet sie noch ein gutes Körnchen. Krissi hatte zum Unterschied zu Anja, einen braunen Wuschelkopf mit blonden Strähnen – das war doch der neueste Hit – und ist ein wenig fülliger in der Figur aber dadurch wird sie eher ernst genommen, als ein zierliches etwas. Sie spricht so, wie es ihr in den Sinn kommt und ist eine Seele von Mensch, halt jemand mit dem man Pferde stehlen kann. Ein richtiger Kumpel, der immer da ist, wenn man ihn braucht! Und noch dazu sitzt sie direkt an der heißen Quelle, wenn es um Neuigkeiten aus der Geschäftsleitung geht.

„Wie, was …" stotterte Anja herum.

„Ja, er will sich davon überzeugen den Laden dicht zu machen." Krissis saloppe Sprachart heiterte Anja diesmal keineswegs auf.

„Aber, was soll ich tun? Es geht doch alles den Bach runter!" Pure Verzweiflung überkam Anja und hüllte sie wieder ein.

„Jetzt höre auf zu jammern, setz dich auf deinen Allerwertesten und versuche deine Zahlen zu erstellen." Mit Zahlen meinte sie die Bilanzen.

„Ja, aber …"

„Nun, quatsch nicht lange, du hast nur noch diese Nacht! Du musst die Zahlen so hin kriegen, dass dir Fritz nicht den Hahn abdreht und den Laden dicht macht!" Ob sie sich auch bei ihrem Chef so sprechen traut? dachte Anja leise bei sich. „Schläfst du oder arbeitest du schon? Leider kann ich in der kurzen Zeit nicht zu dir kommen, um dir zu helfen."

Helfen, da habe ich doch jemanden. Ach Quatsch, der versteht ja nicht von Zahlen rumorte es in Anjas Kopf. „Nein, ich bin noch am Telefon", antwortete sie leise.

„Du lässt dich doch nicht unterkriegen? Jetzt haben wir so lange gegen die Männerwirtschaft gekämpft, damit du Direktorin vom Schloss-Hotel geworden bist. Jetzt kannst du nicht aufgeben, wir wollten es doch dieser Meute zeigen. Und später wollte ich doch nachkommen, um an der Rezeption zu arbeiten. Das kannst du mir nicht antun" schniefte Krissi ins Telefon.

„Nein, da hast du recht! Jetzt halte mich nicht länger auf, ich muss arbeiten."

„Na, endlich ist dein Kampfgeist wieder erwacht. Tschüssele, du schaffst es! Ich glaube an dich!"

Na, wenn ich das bloß auch täte dachte Anja leise und verzweifelt bei sich. Ach, irgendwie schaffe ich das schon, es muss einfach gehen. Wäre doch gelacht, ich habe doch schon größere Schlachten geschlagen und gewonnen! Das gedacht, stand sie auf und ging an den Aktenschrank.

„Hui ui ui" kam es heraus. Anja fiel fast nach hinten weg vor Schreck.

„Was soll das?" schrie sie entsetzt auf.

„Äh, ach ich wollte doch nur ..." kam es leise aus der Richtung der Bürotüre.

„Was, was wolltest du nur?" fragte sie energisch. Und versuchte sich wieder in den Griff zu bekommen, obwohl ihr der Schrecken noch in den Knochen saß! „Ach Mensch, werde ich das je gewohnt?" Aber das konnte ja auch die Lösung sein, das Spukschloss zu Neustadt-Glewe, dachte sie leise bei sich.

„Hui ui ui" schluchzte Hannibal los, „Ich mache ja alles falsch, hui ui ui."

„Ist ja schon gut, ich habe mich wahnsinnig erschrocken", beruhigte Anja den Verursacher. „Weißt du, morgen kommt mein Chef und möchte die Bücher kontrollieren. Mir ist gerade ein Gedanke durch den Kopf geschossen, wie man das Schloss-Hotel retten und dich spuken lassen könnte."

„Ja, wirklich?" rief Hannibal begeistert. „Ich helfe auch wo ich kann und versuche mich zu bessern, eeehrlich Anja. Ich bemühe mich! Und Ehrenwort, ich werde dich nicht mehr so erschrecken wie vorhin, obwohl ..."

„Obwohl was", bohrte Anja nach.

„Nun, weißt du, wie du ausgesehen hast?" grinste Hannibal vor sich hin.

„Hihihi zum Schießen, hihihi. Wenn ich ein Mensch wäre, wäre mir wahrscheinlich ein Malheur passiert. Oh nein, das war zum Kugeln!"

„Na, danke das verschieben wir auf später" ordnete Anja, gespielt streng an. Mit der Zeit gefiel der nette und ungewöhnliche Weggefährte immer mehr. „Jetzt geht es ran an die Bücher. Wir müssen alles so hinbiegen, dass mein Boss zwar sieht das es schwierig werden kann aber nicht aussichtslos ist. Hast du verstanden Hannibal?" Anja wandte sich suchend um: „Hannibal, wo bist du?"

„Ruhig, ich kann nicht arbeiten, wenn du dauernd blökst!" kam es als Antwort aus der Richtung vom Aktenschrank.

„Wie, was arbeiten?" fragte sie verblüfft. Und warum sehe ich dich nicht mehr?"

„Vertraue mir und geh in die Küche. Ich habe Lust auf eine Tasse Tee kam es als Antwort. „Sobald ich mich nicht mehr so konzentrieren muss, werde ich wieder sichtbar. Ich bin halt aus der Übung."

Ohne viel nachzudenken ging Anja erleichtert in das Restaurant um Tee zu bereiten. Und plötzlich schoss es ihr in den Kopf: Können Gespenster überhaupt Tee trinken? Na ja, ist ja egal. Ich vertraue ihm, ich habe ja keine andere Möglichkeit. Gesagt und getan.

„Na, wie geht es voran?" fragte Anja während sie den Tee servierte.

„Gut, ich bin fertig" ertönte es aus dem Aktenschrank.

„Wie fertig? Lass mal sehen!" und nahm den Ordner, schlug ihn auf und bekam den Mund nicht mehr zu.

„Mund zu, es zieht" tönte es vom Schreibtisch her.

„Woher hast du das gelernt?"

„Na, was denkst du? Meinst du ein Gespenst kann schlafen? Tagsüber war ich in der Buchhaltung und habe mir Gedanken über Zahlen gemacht. Und deine Vorgänger haben auch viel mit sich selbst gesprochen, so dass ich viel lernen konnte."

„Ach, wenn ich könnte, dann würde ich dich knutschen" jubelte Anja.

„Lass mal, ist doch nichts Besonderes" kam es bescheiden und traurig von Hannibal. Ach wie war es noch, als mich meine Liebste gedrückt hat, fragte er bei sich.

„Sag mal, wieso kann ein Gespenst rote Wangen und Ohren bekommen?"

„Musst du auf meinen Schwachstellen herumreiten und in offene Wunden bohren? Es ist so wie es ist. Kein Gespenst gleicht dem anderen."

„Nun, sorry! So viele Gespenster habe ich bisher auch nicht kennen gelernt", entschuldigte sich Anja. „Na, aber jetzt habe ich das Klügste kennen gelernt" versuchte sie die Situation zu retten.

„Ach, hör schon auf zu sülzen! Wenn ich noch mehr Honig um meinen Mund geschmiert bekomme, kann ich nicht mehr sprechen. Wir haben doch gesagt, wir ziehen an einem Strang, oder?"

„Ja, nun muss ich mir nur noch eine Strategie für meinen Chef einfallen lassen" antwortete Anja.

„Nein, du gehst ins Bett. Du siehst ja grauenhaft aus, wie ein Gespenst. Ja, kreidebleich und die Augen von der Heulerei geschwollen. Bist nicht unbedingt eine A A Attraktivität." seufzte Hannibal. „Sonst war alle meine Mühe für umsonst. Es geht ja schlecht, dass ich deinen Chef empfange und ihm die Zahlen überreiche, oder?"

„Nein, du hast ja recht! Gute Nacht, mein Retter" gähnte Anja raus zur Türe.

„Och, das tut gut", seufzte Hannibal. Dann kann ich ja doch hier bei Anja im Schloss-Hotel bleiben, als ihr Retter träumte Hannibal vor sich hin.

KAPITEL 4
Nicht geschossen ist auch gefehlt

Es klopfte an der Tür. „Wo bleiben sie denn?" schrie Herr von Schlaukopf unbeherrscht. „Soll ich im Regen draußen stehen bleiben?"

„Ich komme ja schon", antwortete Anja hektisch und öffnete die imposante aus dunkelbraunem Eichenholz gefertigte Eingangspforte.

„Na endlich!", herrschte Herr von Schlaukopf sie an. Wie ein ehemaliger General sah er aus, mit aalglatten, gegelten Haaren. Es fehlten nur mehr Reitgerte und die Reiterhose. Na klar und auch die Generalskappe.

„Ich bin ja überrascht, Sie hier und vor allem so früh empfangen zu dürfen", kam es leise und ängstlich aus Anjas trockener Kehle.

„Sie brauchen gar nicht so gekünstelt freundlich zu sein", fauchte Herr von Schlaukopf

„Ist das ein Fiesmöb!" kam es leise aus dem Hintergrund.

„Wie bitte?" schnauzte Herr von Schlaukopf zu Anja „Was haben Sie gesagt?"

„Nichts, haben Sie etwas gehört?" sprach Anja schon mit festerer Stimme. „Nun, die Fahrt war anstrengend und noch dazu sind Sie wahrscheinlich sehr früh los gefahren", meinte sie und konnte ihn beruhigen. „Eine Tasse Kaffee wird ihnen gut tun."

Sagte es und lief die Stufen hinunter ins Restaurant, um welchen zu brühen. Dort angekommen, bekam sie den Mund vor Staunen nicht mehr zu. Der Tisch war liebevoll gedeckt. Kaffee war frisch gebrüht und die frische Brötchen standen auf dem Tisch.

„Hui, wie gefällt dir das?" zischte Hannibal fragend an ihr vorbei.

Wie vom Blitz getroffen, zuckte Anja zusammen. „Musst du mich so erschrecken?" herrschte sie Hannibal an. Zugleich tat es ihr in der Seele weh, er hatte sich so große Mühe gegeben.

„Mit wem sprechen Sie?", ertönte es vom Treppenbereich.

„Mit niemanden, aber wen man ein so altes Gemäuer lieb gewonnen hat, fängt man halt mit sich selbst zu sprechen an“, kam es als Antwort.

„Oh, wie konnten Sie wissen, dass Sie heute Besuch bekommen?“ fragte Herr von Schlaukopf.

„Wa war warum, meinen Sie?“ stotterte Anja.

„Nun, der Tisch ist perfekt gedeckt und alles ist sauber.“

„Was dachten Sie denn?“ brach es aus Anja heraus: „Dachten Sie, ich leite ein Hottentottenhotel?“

„Ich wusste ja nicht, dass Sie es auch so lieben wie ich“, rutschte es dem verblüfften Herrn von Schlaukopf heraus.

„Wie?“ stotterte Anja.

„Na ja, weswegen glauben Sie eigentlich, habe ich so viel Geld investiert? Es gibt einfachere Wege Geld zu vernichten. Und was glauben Sie, warum Sie hier sind?“

„Nun...“

„Weil Sie meine beste Kraft sind, verflucht noch einmal“, kam es versöhnlich von Herrn Schlaukopf.

„Warum schreien sie mich dann immer so an und lassen mich wie ein Soldat aufsalutieren?“ fragte Anja zögerlich.

„Ja warum wohl? Wenn Sie Angst vor mir haben, dann sporne ich Sie doch zu mehr Leistung an. Glauben Sie, dass Leute fleißig sind, wenn man lieb zu ihnen ist? Nein!!! Strenge hat noch nie jemanden geschadet. Das Leben ist hart und der Wettbewerb auch. Eines sage ich Ihnen, wehe wenn diese Worte nach außen dringen, dann ...“

„Nein, von mir erfährt niemand etwas“, antwortet Anja erleichtert. „Darf ich dann hoffen, dass ich noch eine Frist bekomme?“

„Nein, sie dürfen nicht hoffen! Sie werden das Schloss-Hotel in Schwung bekommen. Ich stelle ihnen die notwendige Geldsumme zur Verfügung und dafür liegt in einer Woche ein akzeptables Konzept auf meinem Tisch! Haben Sie verstanden?“

„Ja“, flüsterte Anja vor Erleichterung und bevorstehenden Tränenfluss kaum sprechen könnend.

„Gut mein Kind, bevor Sie losheulen, geben Sie mir bitte eine Tasse Kaffee und das Versprechen, das niemand von unserem Deal erfährt!“

„Ja", schluchzte sie.

„Ach Kindchen, sie schaffen es. Ich vertraue ihnen. Wenn Probleme auftauchen, melden sie sich im Sekretariat. Oder noch besser, ich werde ihnen meine Sekretärin zur Seite stellen. Was halten sie davon?"

„Das wäre super", rutschte es Anja unbedacht raus.

„Ho, ho, das habe ich mir gedacht. Oder glauben Sie, ich hätte Ihre Freundschaft mit Krissi Pfiffig nicht bemerkt? Wahrscheinlich war sie es, die meinen Besuch angekündigt hat! Oder?"

„Aber ..."

„Nichts aber, ist schon gut Kindchen. So, nun muss ich los! Ich habe da noch etwas auf dem Herzen, es gibt einen besonderen Grund, weswegen ich so an den Schloss-Hotel mit jeder Faser meines Herzens hänge. Es geht um den Schlossgeist Hannibal. In meiner Lehrzeit habe ich ihn kennen gelernt, er war damals mein bester Freund. Dann ..." stockte Herr von Schlaukopf und räusperte sich „Ich versprach ihm zu helfen. Doch das Schicksal meinte es nicht gut und ich musste an das Sterbebett meines Vaters. Dort musste ich ein Versprechen abgeben, den Betrieb meines Vaters weiter zu führen. Es war eine schwere Zeit!" seufzte der alte Herr.

Er sah nun nicht mehr so tyrannisch aus. Auch kam in Anja ein Gefühl von Mitleid hoch. „Was war denn", fragte sie zaghaft.

„Nun, ich habe so einige Insolvenzen hinter mir. Ohne jegliche Erfahrung eine Hotelkette zu übernehmen, ist nicht einfach. Drei Häuser mussten geschlossen werden, da ich auch noch von den jeweiligen Direktoren über den Tisch gezogen worden war", erzählte Herr von Schlaukopf betreten.

Es schien Anja, als ob er mit seinen Gedanken gar nicht bei ihr war. In Gedanken versunken, sprach er leise und bedrückt weiter. „Viele haben gedacht, sie könnten mit mir machen, was sie wollten. Zum Glück hatte ich Ernst und Klara an meiner Seite, die besten Freunde meines Vaters. Ohne sie hätte ich wohl auch die restlichen zwei Häuser abgeben müssen. Mit der Zeit lernte ich zu wirtschaften und wurde knallhart im Geschäft. Stück für Stück baute ich mir mein jetziges Imperium auf, sieben Häuser sind es. Eines Tages kam die Information auf meinen Tisch, dass dieses Schloss-Hotel zu kaufen wäre. Die Vergangenheit holte mich ein und ich versuchte alles Geldreserven locker zu machen, um es zu kaufen. Nun, das tat ich auch.", bestätigte er sich noch einmal. Aber ich hatte nie den Mut, hierher zu kommen", seufzte er traurig. „Was hätte ich Hannibal sagen sollen? Er hätte es nicht verstanden, dass ich ihn wegen der Geschäfte im Stich lassen musste. Ihn, meinen besten Freund!" schniefte er vor sich hin. „Ich hatte Angst ihm gegenüber zu treten." Er stockte und das Gefühl Tränen verschließen seine Kehle, kam in Anja hoch.

Ganz leise goss sie ihm einen Schluck Wasser ein und ließ ihn weiter sprechen. „Wie soll ich ihm das beibringen", stieß Herr von Schlaukopf mit tränenschwerer Zunge hervor.

„Freunde verstehen sich auch ohne Worte", versuchte Anja zu beschwichtigen.

„Denken Sie?" Und nahm ihre Hände in die seinen. „Bitte versuchen Sie das Hotel in die schwarzen Zahlen zu bringen. Ich kann ihnen nur einmal eine finanzielle Stütze bereitstellen", kam es schwer aus ihm heraus. „Hinter meinem Rücken wird schon gegen mich gearbeitet. Ich will und werde nicht zu sehen, dass unsere Konkurrenz mein kleines Imperium übernimmt", sprach er und stand auf.

„Danke, dass Sie mir zugehört haben" verabschiedete er sich schweren Herzens. „Und sagen Sie Hannibal liebe Grüße von mir. Sie hätten das Zeug ihm zu helfen, seine Herkunft heraus zu finden. Ich habe leider versagt", kam es betreten von seinen Lippen.

„Ich werde tun, was ich kann", versprach Anja.

„Noch etwas", unterbrach Herr von Schlaukopf, Anjas Antwort. „Unser Gespräch bleibt unser Geheimnis. Alle neuen Erkenntnisse kommen auf meinen persönlichen Schreibtisch", forderte er barsch.

„Welche Erkenntnisse?" kam es erstaunt von Anjas Lippen.

„Na, über Hannibals Herkunft und vor allem, ob er überhaupt Hannibal heißt", kam es verblüfft von ihrem Gegenüber. Ohne eine Antwort abzuwarten, fuhr er fort „Ich denke es hat auch etwas mit meiner Vergangenheit zu tun. Nun, machen sie schon den Mund zu!", fordert er sie auf. „Sie wissen doch, es gibt keine Zufälle! Und ran an die Arbeit", fordert er sie höflich aber energisch auf.

Erst das Geräusch der sich schließenden Eingangspforte, holte Anja aus ihren Gedanken raus.

„Na, da bin ich aber platt", kam es von hinten.

Wie vom Blitz getroffen, wirbelte Anja wieder herum. „Du kannst es wohl nicht lassen", keuchte sie erschrocken.

„Was denn? Kann ich etwas dafür, dass du so ein schwaches Nervenkostüm hast?" entfuhr es Hannibal. Doch schon gesagt, bereute er seine Worte zutiefst. War er doch die Ursache der schwachen Nerven Anjas.

„Und du hast alles gewusst?" fragte Anja verblüfft.

„Was gewusst? Ich habe doch nicht ahnen können, dass mein Fritz dein Chef ist. Ja, wenn du mir das gesagt hättest, wäre die Aufregung nur halb so wild gewesen."

„Was hat er gemeint" fragt Anja noch immer erstaunt.

„Was meinst du?" kam es fragend von Hannibal.

„Nun, das er dir nicht helfen hatte können?" fragte Anja neugierig.

„Nun, versucht hat er es. Als Jugendlicher war er hier im Schloss, wir waren die besten Freund und hatten viel Spaß. Da hat mir geschworen, dass er mir helfen werde, meine Identität zu finden. Doch dann, dann war er plötzlich weg. Ich dachte, er hätte mich vergessen", kam es nachdenklich und bedrückt von Hannibal. „Jahre später erfuhr ich, dass das Schloss verkauft worden war. Nur an wen, wusste ich nicht. Fritz möchte also sein Versprechen einhalten. Das gibt es fast nicht, hui ui ui" heulte Hannibal zur Tür hinaus.

KAPITEL 5
Wo ist Hannibal?

allo, wo hast du dich versteckt?" rief Anja aufgeregt. Suchend stöberte sie durch das Schloss-Hotel. Zuerst lief sie die steinerne Treppe hinunter in das steinerne Kellergewölbe. Majestätisch lag es vor ihr und leicht schaurig lief es ihr den Rücken runter. Was haben diese alten Mauern wohl verborgen, fragte sie sich selbst. Nichts war zu hören. Es war totenstill.

Anja suchte hinter der Theke, welche in eine Nische eingefügt war. Dann ging sie über den neu gefliesten Flur. Hier holte sie wieder die Realität ein. Durch die Renovierung war alles nüchtern und weiß gestrichen. Nur die braunen schweren Türen ließen eine Vergangenheit erahnen. Die große Truhe am Flur erschien so, als ob sie eine Geschichte erzählen wolle. Doch nachdem Anja sie öffnete, war das Gefühl auf einem Schlag wieder weg und Sorge machte sich breit. Schon nach so kurzer Zeit, verspürte sie so etwas wie Verantwortung für Hannibal.

Na, irgendwie hatte sie ihn schon ganz, ganz tief in ihr Herz geschlossen. Wo ist er denn nur hin? Plötzlich hörte sie ein leises Schluchzen und folgte diesem. Anja ging den Flur zurück in das Restaurant bzw. Kellergewölbe mit seinem festlichem Charme. Hinauf, sich am schmiedeeisernen schwarzen Handlauf festhaltend, keuchte sie die schmalen steinernen Stufen hinauf bis zur Rezeption. Dort verharrte sie schweigend und versuchte das Jammern zu orten. Es kam vom ersten Stock. Anja stieg die hölzernen, abgetretenen Holzstufen hinauf. Ein leises Knarren begleitete sie, als ob die Stufen ihr etwas erzählen wollten. Oben angekommen, hielt sie sich am gedeichselten Geländer fest und schaute sich um.

Die beiden in gelben Brokatstoff bezogenen Stuhle füllten den kleinen Vorraum aus und luden mit dem kleinen runden Tisch zu einer kurzen Rast ein.

Doch eine innere Unruhe trieb Anja weiter. Sie führte sie hoch, über eine weiter hölzerne Stufe ins so genannte Musikzimmer. Leise drückte sie die abgerundete Türklinke runter und stieß ganz leicht gegen die steckende Tür.

Im Zimmer steht mittig das prunkvolle Bett, überzogen mit eine Tagesdecke in bronzefarbigen Brokatstoff. Dieser spiegelt sich bei der gegenüberliegenden Sitzgarnitur und dem Stuhl beim Schreibtisch wieder. Umgeben ist das Bett von zwei aus dunklem Holz gemachten Nachttischen, auf denen je eine Lampe platziert ist. Über dem Bett hängt ein wunderschönes Landschaftsbild mit einer Wiese und angrenzendem Bachlauf. Es ist als ob man bei der Betrachtung Bienen geschäftig brummen hört.

An der Stuckdecke lassen propere weibliche Figuren, ihre Beinchen herabbaumeln. Jede hat ein anderes Instrument in den Händen. Einmal eine Harfe, eine Trommel, eine Flöte usw. Umrandet von einer Engelsschar scheint man ihre Musik zu hören. Eine harmonische Stimmung macht sich breit. Anja lässt sich sanft auf das Bett fallen. Verzaubert und eingefangen in dieser Umgebung, hat sie Hannibal für einen kleinen Augenblick vergessen.

„Bist du hier?", fragt sie leise.

Schnief, schluchz, „Na klar", kam die Antwort.

„Und wo genau?"

„Na hier", und in mitten der Engelsschar bewegte sich etwas. „Hier fühle ich mich wohl, hier bin ich zu Hause. Kannst du das verstehen?"

„Ja", antwortete Anja, noch immer vom Eindruck des Zimmers überwältigt.

„Guck mal, da die zwei Figuren geben den Takt für die Musik vor", erklärt Hannibal. „Und der Onkel überwacht alles, deswegen sitzt er ja am oberen Ende des Kamins."

„Und wer sind die, die Grimassen schneiden?", fragt Anja.

„Och, merkst du nicht, die bringen den richtigen Wind rein … oder soll ich doch lieber Schwung sagen?" fragt Hannibal gedankenverloren.

„Wie du möchtest", antwortet Anja ergriffen. „Es ist einfach nur schön, ich finde die richtigen Worte leider nicht."

„Hast du sie schon gesucht?" fragt Hannibal bemüht.

„Du möchtest mich wohl veräppeln?"

„Wie bitte, veräppeln?" wiederholt er fragend. „Was soll das denn heißen, du hast doch mit Äppel oder Äpfel nichts zu tun oder?" „Nein, das ist doch nur ein Ausspruch", erklärt Anja.

„Na, bitte schon wieder. Ihr Menschen seid doch merkwürdig. Ihre verwendet Ausdrücke die gar keine sind. Äpfel gehören zum Obst und schon gar nicht in eine Aussage", beharrt Hannibal.

„Ist schon gut", beschwichtigt Anja. „Ich kann mir das schon vorstellen, wie schwer das für die immer war und ist."

„Wirklich? Du verä, veräp, veräppelst mich nicht", kam es zögerlich aus der Richtung des Kamins.

„Wo bist du schon wieder, ich sehe dich nicht!" protestierte Anja.

„Hier, es ist halt so peinlich", stotterte Hannibal. „Und wenn ich mich ganz tolle schäme, werde ich wieder unsichtbar."

„Ha, das würde ich auch gerne können", antwortete Anja.

„Wieso?"

„Ganz einfach, sobald ich einen Blödsinn mache, wäre ich unsichtbar. Oh, das wäre toll", schwärmte Anja vor sich hin.

„Ich finde das doof, ich muss mich dann ganz tolle anstrengen um wieder sichtbar zu werden. Aber…"

„Was aber", fragte Anja vorsichtig und Unfug ahnend.

„Ja, wenn ich jemanden necken kann, dann…"

„Sind wir wieder beim Thema", fragte Anja streng.

„Ups, das ich mich auch immer verplappern muss", stöhnte Hannibal vor sich hin. „Es ist einfach nur schön", schwärmte er.

„Was meinst du bitte", kam es fragend von Anja.

„Du hast mich gesucht, hast dir vielleicht Sorgen gemacht?"

„Ich und Sorgen", fragte Anja.

„Na ja, so klitzekleine" begann Hannibal zu stottern und wurde wieder durchscheinend.

„Ja, hast ja recht. Ich habe mir Sorgen um dich gemacht."

„Und genau das ist mir schon einmal passiert", fuhr er fort zu erzählen.

„Mit wem?", kam es fragend von Anja.

„Ja mit dem Fritz, deinem Chef. Wir wurde Freunde und er nahm sich richtig Zeit für mich, bis …"

„Bis was?", bohrte Anja weiter.

„Biiii, ui, hui ui ui" schluchzte Hannibal. „Bis er eines Tages weg war", schniefte er vor sich hin und wurde rötlich um seine Knollennase.

„Hey, du hast ja eine rote Nase", stieß Anja hervor.

„Na danke. Du bist aber auch eine liebenswerte Person", äffte Hannibal. „Du stocherst wohl gerne in anderer Leute Wunden?"

„Oh nein, entschuldige bitte, das wollte ich nicht."

„Wui, du wirst ja auch rot, dann sind wir anscheinend Verbündete", stellte Hannibal nüchtern fest.

„Es ist nicht mein Ding, andere zu ärgern oder zu beschämen", versuchte sich Anja zu rechtfertigen.

„Ist ja schon gut", meinte er.

„Aber, eines verspreche ich dir", kam es energisch aus Anjas Mund.

„Und was soll das sein", fragte Hannibal zögerlich.

Bewegt und innerlich aufgewühlt, antwortete sie mit fester Stimme. „Ich bleibe bei dir zumindest so lange, bis wir dein Rätsel gelöst haben!"

Überrascht über ihre energische Ader, war Anja in ihren Gedanken versunken. Ich bin die Einzige, die einen Geist als Freund hat, ist doch irre! Doch Hannibal holte sie schnell wieder aus ihrer Gedankenwelt wieder heraus. „Dann lösen wir es nie!"

„Wieso?"

„Weil ich bei dir sein möchte, es ist so schön einen Freund zu haben. Ich bin immer so alleine", stöhnte Hannibal vor sich hin. In sich zusammen gesunken, begann er zu erzählen. „Ich kann mich nur mehr so weit erinnern, dass auf einmal ein Klopfen begann. Als ich nachguckte, habe ich viele fremdartig gekleidete Leute gesehen. Die haben an den Wänden herum geklopft. Ach ja, reno renoschieren haben sie gesagt."

„Nein, renovieren heißt das."

„Ist ja egal, von da an kann ich mich durchgehend bis jetzt erinnern."

„Und wo haben sie dich aufgeweckt?" bohrte Anja.

„Das weiß ich doch nicht mehr, oder?" fuhr Hannibal erbost auf.

„Versuch dich einfach zu erinnern und bleib ganz ruhig", versuchte Anja ihn zu beruhigen.

„Bitte lass mich doch", flehte Hannibal. „Es tut so weh, ich komm mir so blöd vor. Also gut, vielleicht ist es besser so."

„Dann gehe ich jetzt schlafen, ich bin einfach nur müde", seufzte Anja und ging nachdenklich zur Türe hinaus.

Was ist, wenn er für immer verschwindet, wenn sein Geheimnis gelüftet wird. Der Gedanke schmerzte furchtbar. Ach, ich dumme Pute. Ich habe ihn so lieb gewonnen, dass er mir jetzt schon fehlt. Was soll ich tun, ich habe mein Versprechen gegeben. Gedanken über Gedanken schwirrten in ihren Kopf, so lange bis sie richtig tolle Kopfschmerzen bekam. Na, dann muss ich mir eine Tablette nehmen, sonst kann ich nicht schlafen und morgen rufe ich bei Krissi an. Sie hat immer einen guten Rat. Es wird alles gut werden, murmelte Anja leise vor sich hin und schlüpfte ins Reich der Träume.

KAPITEL 6
Wer bin ich und wo komme ich her?

Gähnend reib sich Anja den restlichen Schlaf aus den Augen. Was ist denn das? fragte sie sich. Es ist total ruhig im Schloss-Hotel, wie ausgestorben. Sonst kommt schon mal Hannibal vorbei und erschreckt sie, indem er Geräusche unmöglichster Art macht. Aber heute? Es ist doch Samstag. Das Hotel hat wegen Umstrukturierungs-Arbeiten geschlossen. Das soll heißen, dass Anja noch eine ganze Woche Zeit zur Verfügung hat, um sich auf die Neueröffnung vorzubereiten und alles auf die Reihe zu bringen, was sonst noch so anfällt.

Flink zieht sie sich an, aufs das morgendliche Waschritual verzichtet sie heute. Ich erwarte sowieso niemanden, beruhigt sie sich selbst und düst die Treppen hinunter ins Restaurant. Auch da war es totenstill. Anja bekam es mit der Angst zu tun und schrie schluchzend nach Hannibal. Das Gefühl überwältigte sie, so dass sie nicht mehr klar denken konnte. Ein Kloß saß tief in ihrem Hals und eine merkwürdige Kälte kroch ihren Rücken entlang.

Und plötzlich … Wie von der Tarantel gestochen, zischte dieser knapp an ihr vorbei. „Was ist denn los?", fragte er außer Atem.

„Ich habe dich vermisst", kam es schluchzend aus der zitternden Anja. „Ich hatte einfach Angst, dass du nicht mehr da bist", schniefte sie. „Kein frisch aufgebrühter Kaffee, keine Brötchen, keeeein …" Der Rest ging in ein lautes Schnäuzen ihrer Nase über.

„Aber, ich…" kam es verdattert von Hannibal. „Och, so gern hast du mich", flüsterte Hannibal ergriffen.

„Na klar du Düsebiene", schniefte Anja. „Ich finde es einfach nicht fair, mich so zu erschrecken!" sagte sie gespielt entrüstet.

„Das wollte ich doch gar nicht, ich habe doch nur rech…, recher,… na du weißt schon", stotterte er ganz verlegen.

„Wie, du hast recherchiert?" kam es erstaunt von Anja. „Ja und wo? Und wie?"

„Fragen über Fragen, was soll das? Ich hab es halt gemacht, basta!"

„Hey, das Basta stammt aber von mir", erwiderte Anja erstaunt.

„Na siehst du, so schnell lerne ich", kam es wie aus der Pistole geschossen.

„Okay, ganz langsam", versuchte Anja ihn zu beruhigen. „Wo hast du was nachgelesen?"

„Ja, an meinem Lieblingsplatz", kam zögerlich die Antwort.

„Und, wo ist das?", fragte eine ungeduldige Anja.

„Nun, wie, ... soll, ..."

„Na, du stotterst ja sonst nicht so rum. Möchtest du dich mir anvertrauen oder nicht?"

„Na, ich weiß nicht so recht."

„Warum denn nicht?", fragte eine relativ verblüffte Anja. „Ich bin ja nicht leicht aus der Fassung zu bringen, aber du leistest doch volle Arbeit."

„Na, das möchte ich doch nicht. Ich mach doch alles falsch hui, ui ui", schluchzte Hannibal auf. „Ich weiß doch nicht, ob ich für immer gehen muss, oder nicht?"

„Wie soll ich das wieder verstehen?"

„Ach du bist ja noch schwerer von Begriff als ich", grinste Hannibal. „Wenn meine Herkunft geklärt ist, bin ich mir nicht sicher, ob ich für immer weg muss", kam es in einem Oberlehrerton zurück.

„Ups, das wäre doch sch...!" – „Wie?"

„Das wäre traurig. Lassen wir es lieber?", fragte Anja vorsichtig. „Ich denke wir werden schon sehen. Lass es uns einfach beginnen."

Ein mulmiges Gefühl, gemischt mit Trauer, ergriff Anjas Herz. Was soll ich denn nur ohne Hannibal machen, fragte sie sich. Tränen flossen zaghaft über ihre Wagen.

„Warum weinst du, es muss ja nicht so ausgehen. Kann ja sein, dass ich mich irre", tröstete Hannibal unbeholfen. Och, endlich jemand der mich so lieb hat, dass er weint. Wie lange habe ich auf das gewartet, sagte er zu sich selbst.

„Komm, wir gehen gemeinsam!" forderte er Anja auf.

„Ja, wenn du es so möchtest, dann soll es so sein. Hier rein bitte."

„Entschuldige, wo hinein? Ich bin doch kein Geist, der durch Wände gehen kann", entrüstete sich Anja.

„Och entschuldige bitte, ich habe es vergessen. Hinter dem Kamin hier, ist ein Geheimgang und dort wohne ich."

„Und wie kann ich dir helfen, wenn ich nicht in deine Geheimkammer komme?" „Na, dann muss ich rein und die Unterlagen holen, oder hast du eine bessere Idee?", kam es fragend von Hannibal.

„Du hast immer gewusst wo die Unterlagen sind, die deine Herkunft erkläre? Und du spielst mir den Verzweifelten vor! Und ich, ich dummes Etwas falle auf das noch rein", schimpfte Anja vor sich hin. Doch leider ohne Erfolg, Hannibal war schon weg. Er zwängte sich in seine Räumlichkeiten und versuchte die Unterlagen mit nach draußen zu nehmen.

„Oh, Schande! Das geht ja auch nicht, Mist! Ich habe ja vergessen, dass die doofen Bücher eben so wenig Geist sind, wie Anja. Was soll ich jetzt machen?" Leise fluchte Hannibal vor sich hin. Plötzlich ein Urschrei! „Uiiiii, quietsch ..."

„Was schreist du mich so an?" fragte Anja scheinheilig.

„Wie kommst du hier herein, na ja, zumindest deine Hand?"

„Frag nicht so viel, schieb mir die Unterlagen raus!" Gesagt getan und so mühten sich beide gemeinsam, um die Unterlagen an das Tageslicht zu bekommen.

„Geschafft!" jubelte Anja.

„Aber woher wusstest du von dem kleinen Geheimfach in der Nische des Kamins", fragte Hannibal.

„Wusste ich gar nicht. Ich bin bloß deinen Fluchanfällen gefolgt und habe die Wände abgetastet", erklärte Anja. „Ja, und dann habe ich diese kleine Ritze gefunden."

„Das hätte ich dir gar nicht zugetraut", kam es wohlwollend von Hannibal. „Und nun?"

„Was nun? Ich werde die Unterlagen mit ins Büro mit nehmen und durcharbeiten", fuhr Anja fort. „Na, sobald ich sie greifen kann", ächzte Anja und begann zu husten. „Ist ja staubig, hust, hust, …" Und als sie mit den Fingern zufasste, hielt sie einen kleinen Fetzen Papier in der Hand. „Ups, sorry. Das war wohl nichts", stotterte sie. Und dann versuchte Anja noch einmal die Unterlagen zu greifen, was schlussendlich nun gelang.

„Und ich, was soll ich nun machen?", kam es fragend von Hannibal

„Na, dann musst du halt mit mir mitkommen, wenn du möchtest, oder?"

„Ja, das schon." – „Na, dann komm schon!" Hustend ging Anja die staubigen Unterlagen vor sich haltend ins Büro. „Hatschi, … Hust, hust …"

„Gesundheit!" – „Da…, da…, danke", entfuhr es Anja.

„Was machst du denn hier?", schrie sie voller Freude auf! Platsch, eine Staubwolke löste sich von den zu Boden gefallenen Unterlagen. Leicht zerschlissen und zerfetzt lagen sie vor Anjas Füssen. Krissi war gekommen und hatte mit dem Zweitschlüssel die Hintertüre geöffnet. „Ich dachte du wärest beschäftigt?" stieß Anja verblüfft hervor.

„Na ja, ich kann doch meine beste Freundin nicht im Stich lassen", jubelte Krissi. Lachend und sich umarmend tanzten beide vor der Rezeption herum.

„Und was ist mit mir?", kam es beleidigt von Hannibal?

„Huch, wer bist du denn?" entfuhr es Krissi. „Darf ich vorstellen, das ist Hannibal mein Geisterfreund."

„Ist ja crazy!"

„Was heißt craziiiiiiii?", kam es von Hannibal. „Ich bin gar nicht kraziiii, klaro!"

„Nein, das sagt man nur so", kam es entschuldigend von Krissi. „Übersetzt heißt das verrückt."

„Na danke schön! Du hast ja eine tolle Freundin!", entrüstete sich Hannibal. Da werde ich auf meine alten Tage noch als verrückt abgestempelt, das kann ja noch was werden ..."

„Spüre ich da einen Funken von Eifersucht?", fragte Anja interessiert.

„Bin ja auch nur ... Nee, war ja nur einmal ein Mensch und damals hatten die Menschen noch Manieren", wies er Krissi zurecht.

„Ist ja schon gut", beschwichtigte Krissi. „Ich habe es ja nicht so gemeint. Ich bin doch ein wenig ungeübt, im Umgang mit Geistern, versuchte sie sich zu erklären."

„Ein wenig?", blökte Hannibal los.

„Ruhe, ihr Streithähne!", rief Anja zur Ordnung.

„Können wir nicht auch Freunde werden?" flehte Krissi. „Wir sind dann die unschlagbaren Drei, so ähnlich wie die Musketiere!"

„Au ja, das wäre es", jubelte Anja. „Alle für einen, einer für alle! Biiitte Hannibal", flehten Anja und Krissi gemeinsam.

„Hui, ui, uiiiii! Ist ja super, jetzt habe ich zwei Freundinnen auf ein Mal! Das wäre zu meinen Lebzeiten nicht gegangen", jubelte Hannibal freudestrahlend mit.

Sie freuten sich und tanzten herum, bis auf einmal Anjas Bauch sich mit großem Geheul meldete. „

Huch, das war aber nicht ich", rechtfertigte sich Hannibal.

„Nein, ich habe in der Aufregung ganz vergessen, etwas zu essen", entschuldigte sich Anja.

„Jetzt aber schnell!", kommandierte Krissi. „Ab in die Küche! Mal sehen, ob etwas zum Essen da ist."

„Pass aber auf die Treppenstufen auf", warnte Anja. „Die Fläche ist für unsere großen Treter zu klein. Ich setze die Schritte immer seitwärts ein."

„Och nöö, ich watschle doch nicht wie eine Ente in diesen ehrwürdigen Gemäuern", kam es von Krissi.

„Na, du schleimst dich aber ganz schön bei Hannibal ein", feixte Anja.

„Nee, das meine ich ehrlich." Wups, und schon hatte sie sich verheddert und wäre fast gefallen, wenn Anja nicht ordentlich zugepackt hätte.

„Schluss mit dem Damengang", schimpfte Hannibal. „Ihr wollt doch heile in die Küche, oder?"

Und schon entwanden alle drei zur steinernen Treppe. Vorsichtig hangelten sich beide Frauen die Treppe hinunter in Richtung Küche. „Hihihi, ihr geht ja wie kranke Hühner", prustet Hannibal los. Ohne auf ihn zu achten erreichen sie unversehrt die Küche.

„Huch, die Stufen müssen aber noch gerichtet werden, bis zur Eröffnung", stöhnte Krissi. „Doch, doch ich habe schon den Auftrag gegeben", beschwichtigte Anja.

KAPITEL 7
Wie soll es weitergehen?

„So, nun geht es mir etwas besser", kam es von Anja. „Vielleicht habe ich doch ein wenig übertrieben und zuviel gefuttert", stöhnte sie und rieb sich ihren Bauch.

„Bist ja selber schuld", schimpfte Krissi. „Erst isst du nichts und dann stopfst du alles auf einmal in dich hinein. Das kann dein Magen doch gar nicht ab!"

„Wieso?", kam es von Hannibal.

„Na, weil Anja doch einen nervösen Magen hat."

„Wieso nervös?", kam es fragend von ihm.

„Ja, wenn sie sich aufregt, dann kann sie nicht essen und bekommt noch dazu Durchfall."

„Schluss mit dem Thema, das kann ich im Moment nicht brauchen", kommentierte Anja. „Mein Gesundheitszustand steht nicht im Mittelpunkt! Wir müssen Lösungswege finden."

„Wieso Lösungswege?", fragte Krissi neugierig.

„Na ja, zum Einen steht das Geheimnis um Hannibal zu lösen und zum Anderen müssen wir eine Lösung für das Schloss-Hotel finden."

„Gehen wir lieber an die Suche des Lösungsweges für das Schloss-Hotel?", kam es zaghaft von Hannibal.

„Wieso?", fragte Krissi neugierig. „Wenn das Geheimnis gelöst ist, löst sich Hannibal auch auf", presste Anja gequält heraus. Sie hatte ihre Gesichtsfarbe verloren und war weiß wie die Wand.

„Oh je, das klingt ja nicht prickelnd." – „Nee, bestimmt nicht."

„Wo ist er eigentlich schon wieder hin?", fragte Krissi.

„Ich denke ins Musikzimmer."

„Warum denn das?"

„Na, dort fühlt er sich am wohlsten. Dort ist er zu Hause", erklärte Anja mit Tränen in den Augen.

„Gibt es keine andere Lösung?"

„Ich weiß nicht. Ich hatte ja noch nie Kontakt mit einem Geist", schniefte Anja.

„Ist ja schön bescheiden!" kam es nachdenklich von Krissi. „Aber ich glaube das nicht, kennst ja meinen Spruch! Jedes Problem hat die Lösung in sich, mach dir keine Sorgen", tröstet Krissi und nimmt Anja in den Arm. „Du scheinst ja Hannibal voll in dein Herz geschlossen zu haben."

„Ja, das habe ich auch!"

„Und wenn ich mir vorstelle, er ist nicht mehr da, wer erschreckt mich dann?" heulte Anja los. „Oh je, das klingt ja nicht gut. Klingt ja eher wie ein Notfall", räumte Krissi traurig ein. „Aber wir finden eine Lösung für beide Probleme! Basta, es gibt eine Lösung, dass wir Hannibal hier behalten können", konterte Krissi beharrlich in einem Ton, der keine Widerrede zuließ.

Sie stand auf und räumte den Tisch ab. Dann gingen beide in die Küche, um das Geschirr zu waschen und weg zu räumen. Zu zweit war alles schnell fertig. Krissi hakte ihren Arm bei Anja ein, dann gingen beide die Treppe hoch zur Rezeption. Oben angekommen zischte etwas aus dem Brunnen von der Stuckdecke.

„Huch, Hilfe", quietschte Krissi. „Was war denn das?" fragte sie aufgeregt.

„Na, was schon", grinste Anja.

„Nicht was, sondern wer!", entrüstete sich Hannibal. „Ein wenig mehr Höflichkeit würde nicht schaden, hihihi ...."

„Na, musst du mich so erschrecken?"

„Punkt eins, muss ich die Rechnung begleichen und Punkt zwei, ..."

„Machs nicht so spannend", forderte Anja auf.

„Ich muss euch doch etwas sagen", kam es von Hannibal.

„Was denn?" „Nun, ich habe wahrscheinlich einen Lösungsweg gefunden", antwortet er stolz.

„Und wie soll der aussehen?", fragten Anja und Krissi gleichzeitig.

„Na, da müsst ihr euch in meine Gemächer bemühen." Und schon war er verschwunden.

„Was soll das?" – „Quatsch nicht so viel und komm schon mit ins Musikzimmer", antwortete Anja. Keuchend liefen sie die Treppen hoch.

Leise brabbelte Krissi hinter ihr her: „Muss er mich so erschrecken? Na warte, Rache ist süß! Das ist ja schön hier", staunte Krissi mit offenem Mund.

„Und romantisch dazu", gab Anja zurück. Ja, und die Treppe knarrt so, als ob sie etwas erzählen möchte."

„Jetzt verstehe ich dich erst richtig. Ist ja total irre und abgefahren", staunte sie. Laut nach Luft ringend, keuchten beide so schnell wie möglich die Treppen hoch in den ersten Stock. „Nun weiß ich auch warum du so verliebt in das alte Gemäuer bist", sprach Krissi japsend weiter. „Und Hannibal ist das Sahnehäubchen oben auf."

„Na endlich, hat ja lange gedauert!", grinste Anja. „Gut Ding braucht Weile, oder?" Grinsend über beide Backen, wie ein Honigkuchenpferd, keuchte sie die Treppe hinauf. Sie war glücklich darüber, dass Krissi endlich begriffen hat, worum es ihr eigentlich ging.

„Sag mal, sind wir wirklich schon so alt, dass das Treppen steigen so anstrengt?" fragte Krissi.

„Nö, denke es ist ein wenig Nervosität und Unruhe dabei." Oben angekommen, stolperte Krissi fast ins Musikzimmer. Sie hatte die einzelne Stufe übersehen. „Hoppla, heute fällst du auffallend oft in meine Arme", feixte Anja.

„Na, mach nur deine Späßchen", konterte Krissi. „Du weißt doch, ich bezahle meine Rechnungen pünktlich und dann zahle ich es dir heim, hihihi…"

Ist das schön, sie hatten so viel Spaß, wie in der Lehrzeit, als sie sich kennen gelernt haben, dachte Anja leise bei sich.

KAPITEL 8
Gibt es eine Lösung?

𝕹a, seid ihr aber langsam!", kritisierte Hannibal.

„Ich muss doch euer schönes Heim bewundern", kam es beleidigt von Krissi.

„Ich war ja erst einmal kurz hier."

„So habe ich es auch nicht gemeint", entschuldigte sich Hannibal.

Bewundernd blickte sich Krissi im Musikzimmer um und bekam den Mund vor Staunen nicht mehr zu: „Ist ja fantastisch! Ist ja hot!!!!!!"

„Was ist schon wieder hot?" fragte ein ungeduldiger Hannibal. „Nein, lass mal, ist wahrscheinlich wieder so eine Redewendung, oder?"

„Nun, was hast du zu erzählen Hannibal?", fragte Anja.

„Ja, mir ist so eine Idee gekommen. Wieso können wir nicht mein Schicksal endgültig mit dem vom Schloss und überhaupt mit Neustadt-Glewe verbinden?"

„Und wie?", fragte Anja neugierig.

„Ja, ich kann es versuchen überall zu geistern, so dass mich auch andere Leute sehen können. Natürlich nicht immer, nur zu bestimmten Zeiten. Wenn ich gebraucht werde, kann ich möglicherweise bleiben."

„Ui, das klingt ja super!" rutschte es Krissi heraus. „Dann könnten wir ja Führungen durch das Schloss-Hotel machen. Als Höhepunkt könnte dann der Auftritt von Hannibal sein", träumte Krissi vor sich hin. „Ja und dann gibt es auch noch Ritter-Essen mit Gespenster-Auftritt. Und dann, …"

„Stopp, ich muss das alles aufschreiben!" sagte Anja aufgeregt. „Das ist die Lösung", jubelte sie. „Wir bekommen dann auch internationale Gäste."

„Was heißt interna internanional?", fragte Hannibal.

„International", wurde er berichtet. „Es bedeutet, das nicht nur die Leute aus der näheren Umgebung zu Besuch kommen, sondern Gäste auch von anderen Ländern", erklärte Anja.

„Ist das gut?"

„Aber klar doch Hannibal", übernahm Krissi die Antwort. „Dann kommen zahlungskräftige Gäste zu uns. Wir können dann Paggages zusammenstellen. Das sind Angebote wie Übernachtung plus Abendessen mit Hannibal als Höhepunkt und mögliche Ausflüge in die nähere Umgebung." Krissi war ganz aufgeregt und lief aus dem Zimmer.

„Wo will sie denn hin?", fragte Hannibal erstaunt.

„Ins Büro, um alles aufzuschreiben damit wir nichts vergessen", erklärte Anja.

„Das klingt doch ganz so, als ob ich wirklich die Lösung gefunden habe."

„Ja, das hast du wohl", kam es nachdenklich von Anja.

„Wieso bist du bedrückt?", fragte Hannibal. „Bist du dir sicher, dass du das machen möchtest?"

„Ja, wieso nicht?"

„Du weißt schon, dass es eine Menge Arbeit bedeutet."

„Du kannst nicht mehr machen wann und wie du es möchtest. Das läuft dann richtig geplant ab", erklärt Anja.

„Ist doch super, dann bin ich zu etwas nütze", freut sich Hannibal.

„Wirklich?", fragt Anja erstaunt.

„Na klar, ich hatte doch immer das Gefühl nicht gebraucht zu werden. Jetzt endlich habe ich eine Aufgabe! Früher als Mensch hatte ich auch eine, aber dann als Geist ..."

„Und möchtest du nicht mehr wissen, woher du kommst?", fragte Anja erleichtert.

„Na du doch auch nicht, oder", kam es prompt von Hannibal zurück.

„Stimmt, ich habe dich ganz tolle lieb gewonnen", gab Anja zu.

„Wenn du mich einmal satt haben solltest, können wir ja noch immer schauen."

„Ach du Träumer, das wird wohl nie passieren!", schimpfte Anja und eilte aus dem Zimmer hinaus. Leicht kullerten ihr schon wieder Tränen aus den Augen. Waren es Tränen der Erleichterung oder ... Bin ich froh, dass ich keine Zeit zum Nachdenken habe, dachte Anja leise bei sich.

Sie lief die Treppe runter ins Büro. Dieses liegt hinter der Rezeption und war bereits von einer sehr beschäftigten Krissi belegt. Sie macht ihrem Namen alle Ehre. Der arme Computer, dachte Anja, als sie das Büro betrat. Schweigend setzte sie sich an den zweiten PC und schrieb ihre Ideen auf.

Perfekt, das ist die Lösung und ich erwische zwei Fliegen mit einer Hand. Ich bekomme wieder genug Buchungen und damit zahlende Gäste. Außerdem muss ich wieder einen Koch bekommen, der sein Handwerk versteht. Die Gedanken überschlugen sich. Sie musste sich konzentrieren, damit keine Idee verloren ging, sondern auf Papier geschrieben wurde.

„Ich bin fertig!", rief Krissi aufgeregt. „Hör bitte zu", forderte sie Anja auf und begann zu erzählen. „Wir machen zwei getrennte Aktionen. Zum einen das Hotel und zum anderen das Restaurant. In jedem Teil machen wir Angebotspakete. Wir können doch Ritterurlaube anbieten, oder ‚Leben wie ein Fürst', wo dann das Servicepersonal gekleidet ist, wie es früher war. Natürlich mit einem Candle-Light-Dinner (ein Mehrgänge-Menü bei Kerzenschein) und Reitausflug tagsüber oder Kutschenfahrt."

„Das klingt ja super!", rief Anja erstaunt. Sie war überwältigt von der Energie ihrer Freundin. Sicher sie wusste, dass Krissi ein Energiebündel mit vielen Ideen war, aber so richtig in Aktion hatte Anja sie noch nicht erlebt. Die Konzepte (auf Papier gebrachte Ideen) wurden fleißig von beiden Frauen eingetippt. Anschließend wurden diese ausgedruckt, zur Post gebracht und gleichzeitig aber auch als E-Mail vom Computer in die Zentrale geschickt.

„Bin ich müde", kam es von einer erschöpften Krissi.

„Ja, ich fühle mich wie erschlagen", antwortete Anja.

„Und um mich kümmert sich wieder einmal niemand", erklärte ein beleidigter Hannibal. „Grummel, grummel, Knurr, …"

„Wer macht mir Konkurrenz?", ruft Hannibal erschreckt auf. „Niemand, das sind nur unsere Mägen", kam es lachend von beiden Frauen. „Wie spät ist es denn?", fragte Anja.

„Huch, es ist ja schon 6 Uhr!" – „Was, 6 Uhr in der Früh?" kam es erschrocken von Anja. „Die Zeit ist aber schnell vergangen."

„So, nun ab in die Küche zum Essen und dann ins Bett", bestimmte Krissi.

KAPITEL 9
Die Feuertaufe oder die Neueröffnung

𝕹un endlich war es so weit: Der Tag der Eröffnung rückte unerbittlich heran. Beide Frauen waren sehr fleißig gewesen. Alles war in Ordnung gebracht worden, sogar die Treppenstufen in das Restaurant hinunter. Es gab auch Neueinstellungen wie Koch, Empfangschef, ... Die Nervosität machte sich breit. Beide Frauen hatten sich schön gekleidet und tipp topp geschminkt.

„Guten Mooorgen", zischte Hannibal an Anja und Krissi vorbei.

„Wie kannst du uns nur so erschrecken?", kreischten Anja und Krissi gleichzeitig.

„Ui, ihr seht aber gut aus!", bewundert Hannibal die beiden Frauen.

„Passt es, sitzt alles gut?", fragte Anja aufgeregt. „Doch perfekt", antworteten Krissi und Hannibal wie aus einem Mund. Alle waren aufgeregt und nervös. Ob alles klappt, ging es durch ihre Köpfe.

Doch es blieb keine Zeit zum Nachdenken. Ding dong, kam es vom Eingangsbereich. Beide hatten in der kurzen Zeit die Wiedereröffnung des Schloss-Hotels zu Neustadt-Glewe vorbereitet. Tagelang wurde geschrubbt, gemacht und getan. Viele helfende Hände wurden eingestellt, die Anja und Krissi halfen. Trotzdem alles gut vorbereitet war, konnte Anja vor Aufregung zwei Nächte hintereinander nicht schlafen. Sie war blass und ihre Ränder um die Augen waren mit Schminke übermalt.

„Auf los geht's los!", presste Anja durch die Zähne und atmete noch einmal scharf durch. Und schon stürmte sie los, in Richtung Tor. Dort angekommen, nahm sie die ersten Gäste in Empfang.

„Herzlich willkommen", begrüßte sie Herrn von Schlaukopf.

„Nun, wie geht es ihnen?", fragte dieser. Die Antwort nicht abwartend, fuhr er fort, „Sie waren ja sehr fleißig!"

„Oh danke", kam es verblüfft aus Anjas Mund.

Das war ja sehr selten, ein Lob aus dem Mund von Herrn von Schlaukopf! „Die Konzepte klingen ja verlockend", sprach er weiter.

„Ja, finden Sie?", kam es bescheiden von Krissi.

„Ist alles vorbereitet?", fragte Herr Schlaukopf.

„Ja, sicher!", entrüstet sich Anja. „Was denken Sie denn? Wir haben alles im Griff! Küchenchef, Empfangschef, Zimmermädchen und Servicepersonal sind angestellt und auf ihre Aufgaben vorbereitet. Die wegweisenden Schilder in den Sprachen Englisch und Deutsch sind aufgestellt. Alle Zimmer, bis auf das Musikzimmer sind auf die Gäste sind vorbereitet. Alle Bestellungen für Essen und Getränke wurden ausgeführt. Also ist alles paletti!", vollendet Anja ihre Ausführungen. „Wir haben das Haus voller Gäste, der Anfang ist gemacht", erzählte Anja weiter.

„Entschuldigung", rief Oliver Hurtig, der Empfangschef. „Die Gäste sind schon alle im Cäsarensaal! Bitte kommen Sie doch! Der Ministerpräsident, der Landrat, der Bundestagsabgeordnete, der Landtagsabgeordnete ... alle sind gekommen und warten", erzählte er aufgeregt.

„So, meine Damen und nun eröffnen wir gemeinsam das Schloss-Hotel zu Neustadt-Glewe!", forderte Herr von Schlaukopf auf. Als sie in den Saal kamen, war dieser voller Gäste, welche vom Servicepersonal verwöhnt wurden. Der Empfangssekt wurde gerade gereicht.

Herr von Schlaukopf ging zum Mikrofon und startete mit seiner Begrüßungsrede.

„Mir ist übel und meine Knie schlottern", kam es von Anja.

„Jetzt hör schon auf, es wird alles gut gehen", beschwichtigt Krissi. „Wir schaffen es!, merk dir das endlich!"

„Ja, aber ..." – „Nichts aber, alles sind nur Menschen", fuhr Krissi fort. „Der Landrat kocht auch mit Wasser. Oh entschuldige, ich meinte seine Frau."

„Hast ja recht", meinte Anja.

Ihre Hände waren nass und ihr war schlecht. Doch dann biss sie ihre Zähne zusammen und setzte ihr freundlichstes Lächeln auf. Oh, wie sie die Reden hasst, aber was sein muss, muss sein.

„Komm endlich, Herr von Schlaukopf hat seine Ansprache beendet", flüsterte Krissi.

Anschließend sprachen die Ehrengäste ein paar Worte. Den Abschluss nach dem Bürgermeister machte Anja. Anschließend forderte sie zum Rundgang durch das Haus auf und hoffte, dass Hannibal in den Startlöchern stand. „Meine Herrschaften darf ich Sie bitten, mir zu folgen", forderte sie höflich auf.

Die Gäste folgten ihrer Aufforderung. „Oh je, das Erste wäre geschafft", flüsterte sie in die Richtung von Krissi. „Ich habe doch gesagt, dass es klappt", grinste diese.

Nach dem Rundgang kam noch die Aufforderung, das Büfett zu stürmen. Dieser kamen alle gerne nach. Leise klassische Musik begleitet das Fest. Und plötzlich Zisch und Hui, ...!

Die Gäste quietschten erschrocken auf. Ein Gekreische und Geschreie machte sich breit. Die Situation rettend, rief Anja laut in den Saal: „Darf ich um ihre Aufmerksamkeit bitten? Ich möchte Ihnen unseren guten Geist des Hauses mit dem Namen Hannibal vorstellen!"

Und schon zischte dieser vorbei am Ministerpräsidenten, welcher um Fassung ringend gequält lächelte. Und schon verschwand Hannibal wieder in der Stuckdecke, um dann aus dem an der Wand hängenden Gemälde wieder heraus zu kommen. Ein paar Mal führte er dieses Späßchen durch, um die Gäste nicht an seine Anwesenheit zu gewöhnen. Es sollte ja ein gruseliges Gefühl in jedem drinnen bleiben. Das soll ja die Neugierde aller zukünftigen Besucher anstacheln.

Der Bürgermeister nahm Anja zur Seite. „Ist ja super, das haben sie perfekt organisiert", lobte er. „Können wir Hannibal überreden auch in der Burg zu geistern?"

„Das müssen wir mit ihm absprechen, dazu kann ich nichts sagen", antwortete Anja.

„Gut, können wir einen Termin ausmachen?"

„Das können wir, aber bitte erst nächste Woche", kam es von Anja.

„Vielleicht können wir ihn auch überreden, ob wir jemanden als Hannibal verkleiden dürfen und beim Umzug des Burgfestes mitschicken dürfen", überschlug sich Krissi wieder einmal.

„Langsam, nicht so schnell!", forderte Anja sie auf.

„Das wäre ja ein Hit!", entfuhr es dem Bürgermeister. „Ich denke ich könnte die Unterstützung der Stadt anbieten. Wann würde es passen?" fragte der Bürgermeister.

„Na, sagen wir kommenden Montag um 9 Uhr", antwortete Anja. „Gut, ich wünsche noch gutes Gelingen", verabschiedete er sich.

KAPITEL 10
Das Ende oder ein neuer Anfang

Das war aber ein gelungenes Fest", lobte Herr von Schlaukopf. „Übrigens, Sie sind nach Neustadt-Glewe abkommandiert", ging es in Richtung Krissi. „Sie wissen ja, wo sie mich erreichen", verabschiedete er sich von den zwei Frauen.

Huiuiuiuiiiiiii, tanzten beide laut juchzend im Eingangsbereich. Die anderen Gäste guckten verblüfft und lächelten. Anja und Krissi gingen zu Oliver in die Rezeption. Beide waren nur noch müde.

„Das war ja ein unglaublicher Erfolg", kam es von Oliver. „Ich bin glücklich, hier arbeiten zu dürfen."

„Na, das werden wir noch sehen", unkte Anja. „Wir haben noch ein gewaltiges Stück Arbeit vor uns."

„Keine Sorge, aber ich kann und will arbeiten."

„Das ist ja schön, dann gehen Sie bitte zu unseren Gäste und kümmern sich um diese", ordnete Anja an.

„Hui, darf ich jetzt bleiben", zischte Hannibal fragend an beide vorbei.

„Von mir aus gerne", kam es von Krissi. – „Und?"

„Das ist doch klar, was sollte ich ohne dich machen?", fragte Anja.

Das müde Trio ging ins Büro hinter der Rezeption und schloss die Tür.

„Endlich alleine", seufzte Anja und zog sich die Schuhe von ihren schmerzenden Füssen.

„Ich habe dir ja gesagt, kauf dir doch bequemere Schuhe", schimpfte Krissi.

„Was soll denn das?" rief diese erschrocken.

„Was ist los?", fragte Anja.

„Na dann schau doch! Hier liegen staubige Papierschnitzel herum."

„Oh, das habe ich total vergessen", stotterte Anja. „Das sind doch die Unterlagen, die Hannibals Herkunft beweisen."

„Hihihi", krähte Krissi. „Das sind doch nur Baupläne für irgendetwas."

„Wie?" kam es verblüfft von Anja.

„Na, guck doch! Da ist ein Geheimgang aufgezeichnet, der führt Richtung Burg." „Lass mich mal schauen", forderte Anja.

„Hast du das gewusst, Hannibal?"

„Tsja, vielleicht oder doch."

„Nun was?"

„Ja, es gibt da womöglich eine Verbindung zur Burg."

„Wau, das wäre total abgefahren", entfuhr es der erstaunten Krissi.

„Wenn das wirklich so ist, dann könnten wir mit der Stadt ein Konzept erstellen, dass wir gemeinsam mit Hannibal erarbeiten", kam es nachdenklich von Anja. „Wärst du interessiert", fragte sie ihn.

„Doch, doch, das könnte mir Spaß machen", überlegte Hannibal.

„Bist du immer und für alle sichtbar, wenn du willst?", fragte Krissi.

„Nee, denke nicht."

„Würde es dir etwas ausmachen, wenn wir jemanden als Hannibal verkleiden", fragte Anja vorsichtig.

„Wie meinst du das?"

„Na, dann könnten wir diesen Jemand öffentlich bei Festen herumlaufen lassen und du geisterst wie bisher nur im Schloss-Hotel oder maximal in der Burg", antwortete sie.

„Doch, doch das könnte ich mir gut vorstellen."

„Und wie sieht es dann mit der Lösung deines Geheimnisses aus?", bohrte Krissi.

„Na, das könnten wir doch dann angehen, wenn das Hotel wieder gut läuft, denke ich."

„Das wäre okay für dich?", seufzte Anja erleichtert.

Sie hatte Tränen in den Augen. Einerseits war sie total erschöpfte, andererseits total glücklich über diese Lösung. Jetzt brauchte sie sich nicht mehr fürchten, Hannibal zu verlieren. Er war ihr doch mehr ans Herz gewachsen, als sie zugeben wollte.

Erschlagen von der ganzen Aufregung und dem gelungenen Fest wollte sich Anja nun in ihr Zimmer zurückziehen.

„Huiiii" quietschte Hannibal an ihr vorbei.

„Was soll das" konterte die vom ereignisreichen Tag erschlagene Anja leise.

„Was ist los mit dir?" fragte Hannibal besorgt.

Was Anja wohl hat? Sie sieht trotz des Erfolges schlecht aus und er hat am WC so komische Geräusche gehört. Jetzt bin wohl ich an der Reihe, mir Sorgen zu machen.

„Ach nichts, bin nur müde" antwortete Anja und quälte sich ein Gähnen ab. Doch diese Gähnen schlug in etwas unvorhergesehenes um und so musste sich Anja sputen, um rechtzeitig das WC zu erreichen.

„Uiiiii!" schluchzte Hannibal verzweifelt los und machte sich auf die Suche nach Krissi.

„Hi ... Hi ... Hilfe!" schniefte er vor sich hin.

Wäre Hannibal ein Mensch gewesen, hätte niemand garantieren können, dass er heile bei Krissi im Zimmer angekommen wäre.

„Zisch ..." fuhr er unter den Wasserstrahl unter dem sich Krissi genussvoll räkelte.

„Oh sch..., was ist denn jetzt los?" wetterte Krissi lautstark los.

„Gibt es bei dir nicht ein einziges Fünkchen Benehmen?"

„Be... was???"

„Benehmen!"

„Was soll das sein? Etwas zum Essen?" kam es mit zittriger Stimme von Hannibal.

Diesen Unterton kannte Krissi noch nicht und der ganze Schrecken und Ärger wurde von Besorgnis abgelöst.

„Was ist los mit dir?" flüsterte Krissi

„A A An Anja .... h hui uiuiiiii" schluchzte Hannibal.

Ohne daran zu denken, dass sie nass war, und natürlich nackig, stürzte Krissi raus aus der Dusche. Sie fegte durch ihr Zimmer und über den Flur, als ob sie von Geistern gejagt werden würde.

„Anja, wo bist du?" schrie sie verzweifelt.

Ein schwaches „Hier" zeigte ihr den Weg in Anjas Zimmer.

Laut polternd stürzte Krissi ins Zimmer. Sie fand Anja auf dem Fußboden liegend. Mit aller Kraft zog und zerrte sie an Anja. Endlich geschafft, da lag nun eine bleiche, zitternde Anja unter ihrer warmen Daunendecke. Sie war so schwach, dass sie nicht einmal merkte, dass Krissi splitterfaser nackt war. Doch plötzlich fegte ein weißer Bademantel durch das Zimmer und landete auf den Schultern der besorgten Krissi.

„Ooooh dankeschön!" flüsterte eine bis unter die Haarwurzel errötete Krissi.

„Ist schon gut, wollte nicht, dass dich jemand in Evas Kostüm sieht" stotterte Hannibal.

„Hast du noch nie eine nackte Frau gesehen?" kam es von Krissi.

„Nun eh, … nein" quetschte ein verlegener Hannibal hervor.

„Aber du geisterst doch unter den Duschen herum!" flüsterte ein schwaches Stimmlein vom Bett herüber.

Mit einem schnellen „Hui" sauste Hannibal einmal quer durchs Zimmer.

„Hör mal, du bist hier nicht im Kreisverkehr!" rief Krissi.

Doch Hannibal hörte nicht, erdrehte seine Kreise bis er unsichtbar war.

„Was ist denn jetzt los?" kam es erschrocken von Krissi.

„Nun, denke du hast ihn an seinem wunden Punkt getroffen." antwortete Anja mit einer noch zittrigen, aber doch schon stärkeren Stimme.

„Wie geht es dir?"

„Du machst ja Sachen!"

„Hätte Hannibal mich nicht geholt, wärst du vorm Bett liegen geblieben und hättest dir eine Lungenentzündung geholt!" kam es mehr als streng von einer heulenden Krissi.

„Mach dir doch nicht so einen Kopf um mich!" versuchte Anja zu beschwichtigen.

Doch nun brach die sonst so starke Krissi in sich zusammen. Ihre vom Schluchzen gebeutelten Schultern wirkten nun eher hilflos.

„Was ist denn nun los?" versuchte Anja zu beruhigen.

„Ent Ent ... schnief Entschuldige bitte!" schneuzte Krissi.

„Seit ich Mama so gefunden habe und ich sie anschließend beerdigen musste, geht mir das Bild nicht mehr aus den Augen."

„Komm her!"

Nun lagen beide sich in den Armen.

„Du hast doch noch mich." versuchte Anja zu trösten.

„Wenn du aber solch einen Blödsinn machst!" schluchzte Krissi.

„Na, haben wir jetzt ein Heulbojen-Treffen?" kam es böse vom Wasserspeier aus der Stuckdecke.

„Was giftest denn du?" fauchte Krissi.

„Du hast dir doch auch solche Sorgen um Anja gemacht!"

Doch bevor sich die beiden so richtig fetzen konnten, griff Anja beschwichtigend ein.

„Ist doch schon gut, ich habe euch doch beide lieb!"

„Auch verspreche ich euch, so schnell werdet ihr mich nicht los!"

Und schon flog ein Kissen in Richtung Hannibal. Dieser ließ sich nicht zweimal bitte. Nun schwebte eine Kissen mit hoher Geschwindigkeit zu Krissi. Und schon ging es drunter und drüber. Stöhnend und ächzend schwenkte Anja ihr weißes Taschentuch. Alle drei waren geschafft und fielen laut schnaubend ins Bett. Die zwei Mädchen zogen sich die dicken Daunendecken über den Kopf und Hannibal schwebte zum Wasserspeier. Dort legte er sich auf dessen überlappender Lippe und schlief laut schnarchend ein. Doch die zwei schliefen so tief und fest, dass nicht einmal ein Feuerwerk am Bett sie geweckt hätte.

Wie geht es weiter?

„Gähn, hu." kam es von Anja.

Sie lag mit rosigen Wangen unter ihrem Kissen. Sie sah blendend aus, als ob ihr Zusammenbruch nie stattgefunden hätte. Dann wollte sie sich strecken. Doch was war das? Ein Widerstand. Verblüfft suchte Anja unter der zweiten Daunendecke, zog diese ein Stück runter und fand einen braunen Wuschelkopf. Streckend und laut gähnend strampelte sich Krissi die Decke vom Kopf und sah Anja fragend an.

„Na wie geht es dir heute?"

„Gut warum?"

Zu einer Antwort kam sie nicht mehr.

„Hui hui aus dem Bett heraus!" quietschte es von der Türe her, als Hannibal erschien.

„Frühstück ist fertig, ihr Faulpelze!"

Blitzschnell lief Krissi in ihr Zimmer, um sich anzuziehen. Kurz darauf stürmten beide mit laut knurrenden Magen zum gedeckten Frühstückstisch. Der Kaffee duftete mit den aufgebackenen Brötchen und den Spiegeleiern um die Wette.

„Mmmmh, lecker!" kam es von Anja, die sich ein Brötchen gönnte.

„Das könnte ich mir für immer vorstellen." raunte Krissi zwischen zwei Bissen.

„Kein Problem, ich kann doch euer Butler sein!"

„Du bist doch ein Ritter, oder?" fragte Krissi.

„Ach ich bin gerade das, was ich sein will, ob Butler, Ritter oder guter Freund!" brüstete sich ein stolzer Hannibal.

Heute hatte er sich besonders viel Mühe gegeben. Er ahnte, dass heute ein ereignisreicher Tag angebrochen ist.

„Wie spät haben wir es denn?" fragte Anja.

„Zu spät, aber zum Glück haben wir gestern alles picobello gereinigt und aufgeräumt." stöhnte es von der Stiege.

„Was steht denn heute an, Chefin?" fragte Oliver.

„Hmmm …" brummte Anja in ihren Kaffee.

„Da wir zur Zeit keine Gäste haben, werden wir aufräumen und dann kannst du dir frei nehmen." nahm ihr Krissi die Antwort ab.

„Ey, ey, Madame!" salutierte Oliver und ging in Richtung Rezeption.

„W wa was ist mit der Frage, ob ich mich verkleiden könnte?" flüsterte eine aufgeregte Stimme aus dem Hintergrund.

„Nun, als was möchtest du dich gerne verkleiden?" fragte eine dankbare Anja.

Ist Hannibal einmal beschäftigt, muss sie sich keinen Kopf wegen seines Geheimnisses machen. Und so konnte Zeit gewonnen werden. Zeit wofür, um den Abschied hinauszuzögern, oder …? Nachdenklich saß Anja bei ihren Kaffee und zog ihre berühmte Sorgenfalte ins Gesicht.

„Na was brütest du denn wieder aus?" kam es von einer emsigen Krissi, die den Frühstückstisch abräumte.

„Ach, mach mir halt so meine Gedanken." schniefte Anja.

„Du weißt doch, für jedes Problem gibt es eine Lösung!" konterte Krissi mit ihrer gewohnten Stärke.

„Die Suppe wird nie so heiß gegessen, wie sie gekocht wird!"

„Und nun ab ins Büro!"

Mit gemischten Gefühlen folgte Anja ihrer Freundin. Ach, zum Glück ist sie bei mir. Es ist doch gut in schweren Zeiten eine so gute Freundin zu haben.

Rums! Knall! Bumm!

„Was ist denn nun schon wieder los?" stammelte Anja aufgeregt.

„Ich weiß nicht, hust hu …" hustete Krissi.

„Das kannst du ja fast so gut wie ich!" freute sich Hannibal.

„Wie siehst denn du aus?" prustete Anja los.

Hannibal stand in einer Nebelwolke vor ihnen verkleidet als Kasperl und Großmutter zugleich. Er hatte eine Mütze mit mehreren bunten Zipfeln und Glöckchen auf dem Kopf. Am Körper trug er ein uraltes Nachgewand, welches er besonders schön fand. Es ging ein Gequietsche und Gehuste los.

Im Raum neben dem Büro schwebte eine Staubwolke, welche den frisch gereinigten Raum in ein zartes Grau hüllte. Die weißen Gardinen waren ergraut, das Tischchen vor der Sitzgarnitur war mit einer Staubschicht überzogen …

„Was ist denn hier passiert?" polterte Anja entnervt los.

„Nun, eh, dachte …"

„Was dachtest du? Dass Putzen mein Hobby ist?" fauchte sie entsetzt.

„Ach das Bisschen!"

„Wie?!"

„Alarmstufe rot!" rief Krissi zu Hannibal.

„Schluchz, wo wollte doch nur helfen!" schniefte er verzweifelt.

„Komm bitte hör auf zu jammern, ich bekomme ja einen dicken Kopf und Jammern ist nur was für Pfosten!" erwiderte Anja streng.

„ Pfosten, hihihi!"

„Was ist denn das?" prustete Hannibal los.

„Nun, das sind Persönlichkeiten, die sich so dämlich anstellen, statt in die Hände zu spucken und etwas anzupacken, sprich zu arbeiten"

„Ach so, nee, denke in diese Kategorie passe ich nicht!" antwortete Hannibal und verschwand im Kamin.

Mit Staublappen und Wassereimer marschierten Anja und Krissi auf, um das Zimmer wieder in Ordnung zu bringen. Kaum hatte sie begonnen, die nächste Staubwolke.

„Was ist nun schon wieder los" giftete diesmal Krissi und quietschte laut auf.

„Hilfe, Hilfe!" Schreiend stürmte sie aus dem Zimmer.

„Oh nein, nicht schon wieder!" dachte Anja bei sich.

Sie ging in das Zimmer hinein, erschrak und kam schreiend wieder heraus.

„Hihihi!" laut lachend kam Hannibal hinterher.

„Oh nein, wie siehst du denn aus?" blaffte Krissi, die sich ein wenig beruhigt hatte.

Hannibal stand vor ihnen. Er war mit einer Rüstung bekleidet und hatte eine dicke Kette um die Schulter gewickelt. Sein Beil war auf dem Rücken gebunden. Mit der rechten Hand trug er einen Säbel und in der linken Hand hielt er ein Tablett. Doch auf dem Tablett stand ein Wassermelonen ähnliches Gebilde mit langen ungepflegten Haaren. Als er das Tablett nun umdrehte grinste sein eigener Kopf den Mädchen entgegen.

„Meint ihr, damit könnte ich einen Preis gewinnen?" fragte er scheinheilig.

Innerlich war er stolz wie eh und je, dass er so erschreckend aussehen musste, dem Gequietsche zu urteilen. Doch sein Stolz währte nicht lange, als er in Anjas Gesicht blickte, verging ihm das Lachen und er machte sich schleunigst aus dem Staub.

„Oh Mann, hat der mich erschreckt!" stöhnte Krissi

„Wenn ich ihn zu fassen bekomme, dann …" erwiderte Anja.

Doch Hannibal ließ sich Zeit. Es vergingen Stunden um Stunden und er tauchte nicht auf. Was ist denn nun schon wieder los, dachte sich Anja.

„So langsam mache ich mir aber Sorgen um den Lauser." kam es leise von Anja.

„So lange war er nur verschwunden, als …"

„Sprich weiter!" forderte Krissi sie auf.

„Ich habe Angst, dass er sein Geheimnis nun selber lüftet und für immer verschwindet." flüsterte Anja.

„Komm wir suchen ihn!" forderte Krissi die leise schluchzende Anja auf.

„Du hast ihn ja ordentlich ins Herz geschlossen."

„Ja, ich habe ihn sehr lieb und irgendwie besteht da eine Verbindung zwischen uns."

„Wie meinst du das?"

„Nun, ich weiß nicht, wie ich es sagen soll …"

„Unsere Freundschaft ist halt etwas besonderes und wer weiß es kann doch auch sein, dass in unseren Adern dasselbe Blut geflossen ist, oder …"

„Na, unmöglich ist nichts." erwidert die erstaunte Krissi.

Also das ist es, was Anja so quält, dachte sie bei sich.

„Aber wenn ihr denselben Stammbaum habt, wo liegt dann das Problem?"

„Nirgends." antwortete Anja.

„Ich wäre total stolz, wenn …"

„Wenn was?"

„Wenn es, nun was ist, wenn er für immer weg geht? Das wäre doch schrecklich, oder?"

„Für das Schloss-Hotel oder für dich?"

„Du bist aber bescheuert!" fauchte Anja.

„Natürlich für mich, was denkst du von mir, wie lange kennen wir uns?"

„Das frage ich mich auch und wie lange führst du Selbstgespräche?" fragte Krissi.

„Wieso? Du hast mich doch gefragt, für wen wäre es schrecklich, wenn Hannibal verschwindet, für das Schloss-Hotel oder für mich?"

„Sag mal spinnst du, warum glaubst du, ich würde das fragen?"

„Ich kenne dich schon lange genug, um zu wissen das du Hannibal sehr lieb hast." entgegnete Krissi und nahm Anja tröstend in den Arm.

„Wer hat mich dann gefragt?"

„Nun ich habe nichts gehört, also habt ihr wirklich eine besondere Beziehung du und Hannibal!"

„Oder er ist weg!" stieß Anja schockiert aus.

„Nein, ich bin nicht weg!" kam es vom frisch gereinigten Kamin. „Doch ich war es, wollte halt wissen, wie lieb du mich hast huiiii!" schluchzte Hannibal.

„Ich hab doch niemanden außer dir und Fritz!"

„Und Fritz hat mich verlassen, jetzt habe ich halt Angst, du machst das auch, huiiiiii ..."

„Nein, freiwillig doch nie!" entgegnete Anja. „Das weißt du doch! Umsonst versuche ich sicher nicht so verzweifelt das Schloss Hotel zu retten, oder?"

„Jaaaaaa." schniefte Hannibal verzweifelt „Tttttttut mir leid, wollte euch nicht so erschrecken. Ist so über mich gekommen, tschu tschuldigung!"

„Ist schon gut." meinte Krissi.

Plötzlich geht die Türe auf und eine ältere Frau mit weißem Haar geht in Richtung Rezeption.

„Guten Tag Kindchen!" sprach sie Anja an. „Ich habe im Internet vom Schloss-Hotel erfahren und wollte mal schauen, ob alles so zutrifft wie es beschrieben ist".

„Kein Problem, wie kann ich Ihnen helfen?" fragte Anja höflich nach.

„Darf ich vorerst einmal in die Räume, wo diese wunderschönen Stuckdecken sind?"

Sie hielt ein Bündel von Ausdrucken in der Hand, welche die Deckenverzierungen in schönsten Bildern zeigen.

„Leider bin ich nur kurz in Neustadt-Glewe, aber wenn es mir gefällt, dann bringe ich sicher mehr Leute hierher".

„Sind Sie von einem Reisebüro?" fragte Krissi.

„Nein, ich organisiere selbst sehr speziellen Reisen, über die dann in den wichtigsten Zeitungen berichtet werden".

„Darf ich dann mit Ihnen einen Rundgang machen?" fragte Anja höflich und blinzelte Krissi zu.

„Ja, gerne. Danke!"

Als sie verschwunden waren, zischte auch schon Hannibal heran.

„Darf ich, darf ich?"

„Unterstehe dich und lass die alte Frau in Ruhe!" knurrte Krissi.

„Es könnte doch sein, dass sie uns hilft das Schloss-Hotel bekannt zu machen".

„Na gerade deswegen, meine ich" entgegnete ein schmollender Hannibal

„Nix da, du benimmst dich und machst einen leckeren Kaffee. Oliver hat sich ja schon verdrückt." wies Krissi ihn an.

„Gebongt! Oh oh! Na klar!" stotterte Hannibal und verschwand.

Auch Krissi begab sich nach unten ins Restaurant. Fast wäre sie an den knappen rotgefärbten Stufen gestolpert. Hm, ob die Farbe passt, bleibt abzuwarten, dachte sie vor sich hin. Bald darauf kamen auch schon Anja und die ältere Dame ins Restaurant. Krissi hatte auch die Ideen Mappe mitgebracht. Man weiß ja nie …

„ Und wie hat es Ihnen gefallen?" fragte Krissi die ältere Dame.

„Sehr gut, wir haben auch schon Pläne geschmiedet."

„Das klingt ja super, hier habe ich noch unsere Vor-Auswahl-Mappe" erklärte Krissi geschäftstüchtig.

Doch da klopfte es an der großen Tür.

„Schade, mein Chauffeur ist schon da, ich muss weiter." bedauerte die Besucherin.

„Wenn sie noch einen Geist zur Verfügung hätten, wäre es sehr schön" sagte sie beim Hinausgehen.

„Huiii, damit kann ich dienen!" schwirrte Hannibal an allen vorbei.

„Ach ja, es wäre auch sehr schön, wenn sie das Schloss-Hotel soweit renovieren könnten, dass es nicht mehr zieht!"

Mit diesen Worten verschwand sie und Anja fing an Freudensprünge zu machen.

„Wir haben viel besprochen und ich schicke ihr das fertige Konzept".

„Das ist ja super, dann haben wir unseren ersten Geschäftspartner" freute sich Krissi.

„Na, was ist toll daran, wenn sie mich als zugige Luft empfindet?" empörte sich Hannibal.

Alles drei waren überaus glücklich und lachten bis sie nicht mehr konnten. Vielleicht nimmt es mit dem Schloss-Hotel doch ein gutes Ende, oder ist es erst der Anfang?